AU DIABLE

LES NOVATEURS!!

OU

COUP D'OEIL

SUR LE SYSTÈME D'ÉDUCATION DE J. P. GASC;

PAR H. LANFROY,

ÉTUDIANT EN DROIT A LA FACUTÉ DE PARIS.

Paris.

CHEZ PAPINOT, LIBRAIRE, RUE DE SORBONNE, N° 14,

EN FACE L'ACADÉMIE DE PARIS,

ET CHEZ TOUS LES MARCHANDS DE NOUVEAUTÉS.

1830.

R

AU DIABLE

LES NOVATEURS!!

AU DIABLE

LES NOVATEURS!!

ou

COUP D'OEIL

SUR LE SYSTÈME D'ÉDUCATION DE J. P. GASC;

PAR H. LANFROY,

ÉTUDIANT EN DROIT A LA FACULTÉ DE PARIS.

Paris.

CHEZ PAPINOT, LIBRAIRE, RUE DE SORBONNE, N° 14,

EN FACE L'ACADÉMIE DE PARIS,

ET CHEZ TOUS LES MARCHANDS DE NOUVEAUTÉS.

1830.

AU DIABLE

LES NOVATEURS!!

OU

COUP D'OEIL

SUR LE SYSTÈME D'ÉDUCATION DE J. P. GASC..

Le monde n'a jamais manqué de charlatans!

Maxime malheureusement trop confirmée de nos jours, et que La Fontaine semble avoir faite tout exprès pour notre époque; et en effet, quelle bande de novateurs! quel tas de charlatans cherche à entraver la marche régulière de nos études classiques! Ce n'était pas assez que l'émancipateur universel, Jacotot, le grand faiseur de dupes, transplantât de Louvain à Paris ses neuves et incohérentes idées; ce n'était pas assez que dans un orgueilleux délire, il vînt nous

prêcher et l'égalité des intelligences et la pos-
sibilité d'enseigner une chose dont on n'a jamais eu la moindre idée, il fallait qu'un autre
novateur heurtât encore une fois les opinions
reçues, ébranlât l'édifice de nos vieilles idées,
et fît en quelque sorte le post-scriptum de cette
fameuse émancipation universelle.

Peut-être, lecteur, te demandes-tu quel est
ce novateur, objet d'un aussi virulent préam-
bule, où enfin je veux en venir? c'est à un ouvrage de M. Jean-Pierre Gasc, intitulé : *Considérations sur la nécessité et la manière de ré-
former le régime universitaire*, adressées à son
excellence le ministre de l'instruction publique;
ouvrage que, malgré son illustre patronage, tu
verras figurer au milieu du sale étalage d'un
bouquiniste de la rue des Grés. Et avant tout,
si tu veux un portrait fidèle de cet inventeur
de système, figure-toi un homme d'un mètre
784 millimètres, figure blême, teint livide, joues
concaves, casquette de loutre, enfin un Jacotot
en miniature, un raccourci de ce portrait, que
sans doute tu as quelquefois aperçu en lorgnant
les caricatures du Palais-Royal (1).

A propos, coupons les feuilles de cet intéres-

(1) M. Jacotot est représenté la tête couverte d'une
casquette de loutre.

sant recueil de considérations. Qu'y voyons-nous au premier abord? un discours d'une dimension extraordinaire, guindé, dicté par l'amour-propre, et où M. Gasc, tout en faisant le panégyrique de son excellence le ministre de l'instruction publique et de sa majesté Charles X, ne laisse pas de puiser pour lui-même à l'encensoir, et n'hésite nullement à se donner les titres pompeux de professeur habile, judicieux, et qui mieux est, *exerce* depuis vingt-cinq ans.

Mais tout-à-coup le point de vue a changé. Nous passons à l'éducation d'un enfant de sept à onze ans. Selon M. Gasc, il faut, pendant cet espace de temps, lui raconter des historiettes, lui apprendre les mots techniques de l'astronomie, enfin lui parler de botanique. Lui raconter des historiettes!!! lui faire un cours d'astronomie!!! En vérité, M. Gasc, vous n'avez nullement en ce point hâté cette intelligence sur laquelle vous dissertez si savamment à toutes les pages de votre livre. Vous voulez que de sept à onze ans on raconte des historiettes à vos enfans; et que de fois de trois à sept ans, dans les longues soirées d'hiver, au coin d'un foyer de famille, leurs aïeules à la tête *grouillante* ne leur ont-elles pas raconté *Cendrillon* et *Peau-d'Ane!*

Que de fois, en termes énergiques, ne leur ont-elles pas montré l'amphithéâtre ensanglanté de *Barbe-Bleue*, son large coutelas qui va frapper, et cet heureux dénouement si favorable à l'innocence de sa jeune épouse! Et consciencieusement, mon cher M. Gasc, vous avouerez qu'il vaut mieux de sept à onze ans parvenir dans la classe de quatrième ou de troisième que de lire aux astres et d'aller, la canne à la main, botaniser dans les fossés du boulevard Mont-Parnasse.

M. Gasc veut aussi qu'on fasse dire aux enfans leurs prières du soir et du matin, qu'on leur apprenne à connaître leur Dieu, enfin qu'on leur fasse lire l'ancien Testament. Encore une fois, mon cher, vous ne nous apprenez rien de nouveau, vous ne savez pas votre métier, vous n'êtes pas encore le grand hâteur des intelligences; et en effet, n'a-t-on pas toujours regardé comme un devoir sacré de faire dire aux enfans leurs prières soir et matin? Et n'est-ce pas à cette époque qu'ils s'assemblent dans nos temples pour apprendre leur *catéchisme*, connaître notre Dieu et chanter de pieux cantiques en son honneur?

A la deuxième période, le héros des *Considérations* est parvenu à l'âge de onze ans, et

(9)

il s'agit de continuer son éducation. C'est à cette
époque seulement qu'on lui parlera de gram-
maire, qu'il reviendra de ses promenades bo-
taniques et astronomiques, et jetera enfin un
coup d'œil sur ce que nous appelons, en terme
de collége, rudiment.

Fidèle aux idées qu'il a adoptées, M. Gasc
ne démord pas de l'astronomie et de la botanique; il y ajoute même la physique. Quant au
latin et au grec, ils sont relégués dans un coin
obscur de cette nouvelle éducation; ce sera
beaucoup si par jour on accorde une heure à
ces deux langues, la base, la clef de toutes les
autres, elles qui déroulent à nos yeux l'anti-
quité dans tout son ensemble, les seuls réser-
voirs, en un mot, où il faut aller puiser le vrai
beau. Ainsi, parvenu à quinze ans, âge auquel
nos lycéens touchent au terme de leurs études,
le héros idéal de M. Gasc saura décliner quelques noms, conjuguer quelques verbes. A
ces connaissances il ajoutera quelques mots
techniques de physique, et sera hérissé de
quelques définitions barbares de géométrie.
Eh! bon Dieu! M. Gasc, que sont donc deve-
nues vos pompeuses promesses? Je ne reconnais
pas encore en vous le grand hâteur des intelligences. C'est vous aussi qui, pour donner à

vos élèves une idée des auteurs anciens, les laissez sur les bancs jusques à vingt ans, époque à laquelle nos lycéens, que vous accusez de lenteur, ont presque terminé leurs cours dans une de nos facultés.

Mais M. Gasc ne s'en tient pas là, et pousse encore plus loin ses extravagantes réflexions. On dirait que, par une destinée inévitable, rien ne peut échapper à ses sots raisonnemens. Qui pensa jamais à abolir ces distributions de prix, à effeuiller ces couronnes, qui, à la fin de chaque année, viennent récompenser nos élèves de leur annuelle application? c'est M. Gasc. Et ce concours universitaire, qui établit entre nos colléges une si noble émulation, ce concours, à qui nous devons rapporter la supériorité de nos études sur celles des provinces ; eh bien! qui proposa jamais son abolition? c'est M. Gasc. Qui songea à établir dans nos études classiques une monotonie, une uniformité fatigante? c'est M. Gasc. Mais notre novateur ne borne pas là ses réformes systématiques. Que l'on ait banni de nos écoles le fouet et la férule, satellites ordinaires de notre vieille Université, rien de mieux, nous ne saurions qu'applaudir à une aussi bienveillante réforme; mais M. Gasc pousse plus loin l'indulgence : après avoir embrouillé

toutes les parties de notre système d'éducation,
la discipline est celle dont il nous parle avec le
plus de clarté, celle qu'il simplifie, et qu'il simplifie si étrangement, qu'il n'en veut point du
tout. Par une conséquence qui découle naturellement de la destruction des récompenses,
il abolit les punitions, il les soumet à la même
réforme, et ne laisse plus à ses élèves qu'une
perspective fade, sans couleurs comme sans
attraits. C'est à coups d'argumens philosophi-
ques qu'il prétend faire marcher les mutins.
C'est en lui parlant des rapports mutuels des
hommes, de ce monde dont un jour il doit faire
partie; c'est en lui développant avec emphase
les principes qui sont la base de la société,
qu'il parviendra à persuader un enfant de sept
ans qui, sans doute, pendant ce long et pathé-
tique sermon, ne pense guère qu'à son polichi-
nelle !! Mais lui, qui se vante *d'exercer* depuis
vingt-cinq ans, n'aurait-il pas dû s'apercevoir
fréquemment que, parmi les élèves, les uns
ont besoin d'être stimulés par les récompenses,
tandis que les autres, naturellement noncha-
lans, dénués de tout amour-propre, s'abandon-
neraient facilement à une paresse complète, si
une main ferme et sévère ne les maintenait dans
la route qui leur a été tracée?

Mais nous ne sommes pas encore au bout des Considérations. Il n'est pas jusqu'aux jeux, jusqu'aux amusemens sur lesquels M. Gasc ne déraisonne, et ne cherche à exercer une pernicieuse influence. Jusqu'à ce jour l'opinion publique avait placé dans nos écoles les jeux, les ris, et cette bruyante gaîté qui ne manque jamais de les accompagner; mais il en est tout autrement dans les Considérations. Entrez plutôt dans cette cour factice; fruit d'une imagination en délire, qu'y voyez-vous? Quelques cerceaux fracassés? point du tout. Quelques balles oubliées dans une partie de la veille? vous n'y êtes pas. Aux espiégleries ordinaires a succédé un genre de vie sévère; et cette bruyante gaîté se trouve remplacée par un flegme philosophique. On croirait, à vrai dire, se promener dans les jardins de l'Académie, ou sous les arcades du Lycée. Mais vous me demandez bientôt quels sont ces élèves que vous apercevez s'avancer vers vous avec une majestueuse lenteur, le sourire de la politesse sur les lèvres? Ce sont les disciples de la nouvelle école. Ils songent à la soirée prochaine, aux airs du concert, aux quadrilles de contredanses, au pédantesque cérémonial qu'ils auront à déployer auprès des dames, héroïnes de la soirée, et que

M. Gasc a toujours soin de rassembler pour ouvrir une large carrière à la galanterie prématurée de ses élèves. Et en effet, ce sont là les récréations que voudrait nous imposer l'auteur des *Considérations*. Tous les amusemens, il les fait consister à courber décemment son épine dorsale, et à présenter en termes polis ses civilités puériles et honnêtes. Au nom de Dieu, M. Gasc, qui a pu vous suggérer une semblable idée? Vous voulez, ce me semble, pousser l'extravagance jusqu'au bout. Croyez-moi, laissez aux élèves de nos écoles leurs manières un peu rustiques, il est vrai, mais qui sont bien celles de leur âge; gardez-vous d'y substituer un insipide cérémonial. Plus tard, un trimestre passé dans un des salons de Paris nous apprendra toutes les minutieuses rubriques de la politesse française. Du reste, en voulant heurter le naturel, peut-être vos efforts seraient inutiles. Écoutez plutôt La Fontaine, ce grand maître en littérature, et qui sut avec tant de finesse épier le cœur humain. Écoutez-le :

> Tant le naturel a de force!
> En vain de son train ordinaire
> On le veut désaccoutumer,
> Quelque chose qu'on puisse faire,
> On ne saurait le réformer.

Et plus bas :

> Qu'on lui ferme la porte au nez,
> Il reviendra par les fenêtres.

Voulez-vous qu'à l'imitation d'Horace, Boileau vous en dise tout autant :

> Chassez le naturel, il revient au galop.

Enfin, M. Gasc va mettre la dernière main à ce tableau, dont nous venons d'analyser toutes les parties. Le conseil de perfectionnement!! Ce sera le plus beau coup de pinceau. Et qu'est-ce que ce conseil de perfectionnement? Voici ce qu'en dit M. Gasc : « A un jour indiqué des « hommes éclairés et judicieux se rassembleront « pour distribuer des éloges à ceux des élèves « qui se seront le plus distingués par leur bonne « conduite et leurs manières polies, honnêtes et « prévenantes. » Si, d'un autre côté, on en croit la maligne, mais véridique interprétation des élèves mêmes de l'institution de M. Gasc, c'est une réunion de parasites, qui, chaque mois, avec un famélique visage, viennent acheter un déjeûner universitaire moyennant quelques grimaces et quelques serviles complimens adressés au recueil des Considérations.

Voilà dans son ensemble le système d'éducation dont nous sommes redevables à M. Gasc. Nous espérons que nos lecteurs en ont déjà, comme nous, senti toute l'absurdité, toutes les funestes conséquences.

Ne croyons donc pas, avec M. Gasc, que l'on est perdu lorsqu'on est entré dans un de nos colléges; qu'il nous laisse nos anciens préjugés, nos vieilles maximes, qui depuis si long-temps ont su donner à toutes les branches de la société les hommes distingués dont elles avaient besoin; restons-y fermement attachés, et croyons que l'opinion publique fera bientôt justice des bévues de notre novateur.

FIN.

IMPRIMERIE DE MARCHAND DU BREUIL,
Rue de la Harpe, n. 50.

IMPRIMERIE DE MARCHAND DU BREUIL, RUE DE LA HARPE, N° 80.